KB120985

내 마음의 여백

내 마음의 여백

초판 1쇄 인쇄일 2018년 12월 26일
초판 1쇄 발행일 2019년 1월 2일

지은이 권영모
펴낸이 양옥매
디자인 임흥순
교 정 조준경, 허우주

펴낸곳 도서출판 책과나무
출판등록 제2012-000376
주소 서울특별시 마포구 방울내로 79 이노빌딩 302호
대표전화 02.372.1537 **팩스** 02.372.1538
이메일 booknamu2007@naver.com
홈페이지 www.booknamu.com
ISBN 979-11-5776-656-7(03810)

이 도서의 국립중앙도서관 출판시도서목록(CIP)은
서지정보유통지원 시스템 홈페이지(http://seoji.nl.go.kr)와
국가자료공동목록시스템(http://www.nl.go.kr/kolisnet)에서
이용하실 수 있습니다. (CIP제어번호 : CIP2018041705)

내 마음의 여백

_____ 권영모 지음

책과나무

엽서가 와 있습니다
꿈을 꾸고 있던 어젯밤
모든 허물을 덮어 주고
미움도 잊으라는
내 눈엔 그렇게 읽혔습니다
12월의 중순
고마웠던 이에게 편지를 쓰고 싶습니다
세상의 하얀 종이 위에
올해보다 더 사랑하겠습니다
미안했던 이에게도
날 미워했던 이에게도
모두의 가슴에 맺혀 있는 나쁜 감정들
오늘 저 눈 속에 덮어 두고
행복한 마음으로 12월을 마무리했으면 좋겠습니다
새해엔 눈이 녹듯 나쁜 일 없고
기쁨 가득한 날이기를 기도하겠습니다
저 하얀 눈 위에 그렇게 써 보렵니다

차례

4부 나의 독백

5부　　　　　　　살아가는 동안

1부

지친 날의
비

오늘은

땅에 두 귀를 대고 싶다
아지랑이 피어오르는 저 대지에
겨우내 꿈을 꾸던 새싹의 속삭임을

오늘은
양지바른 곳 피어난 버들강아지
눈등을 비벼 본다 시냇물 소리가 보이는지

오늘 3월 한가운데
대지와 함께 꿈을 꾸고 싶다
움츠린 날들 그리웠던 지난날을
다가올 봄바람을

오늘은
냇가에 발을 담그고 냇물에
오랫동안 얼어붙어 있던
그 모습을 떠나보낸 자연과 나를

12

오늘은
콧등을 대어 본다
당신과 봄날의 봄 냉잇국을 먹고 싶다
봄의 그 향기에 취해서….

겨울 호수

바람에 일렁이던
별이 빠지던
고요한 오늘 밤
저 하늘을 품은 채 얼어 버렸어

파도가 출렁일 때마다
춤을 추던 별들은
창백하게 얼어붙은 모습으로
반짝이는 쓸쓸한 겨울밤의 호수

별똥별 호수에 떨어져 내리면
호수는 콧등치기를 한다
손발은 꽁꽁 얼어 가는데
내 마음은 날개를 편다

호수의 꿈
별들과의 속삭임
콧등 치는 호수와의 밀어
내일이면 모르지

... 내 마음의 여백

하얀 눈 내려 호수에 얼어붙은 저 별들을
다 지우고 떠날는지….

자연 앞에서

외진 산속의 오솔길
자꾸만 눈물이 흐른다
조심조심 발을 내려놓는데도
이곳이 삶의 터전인 이름 모를 작은 벌레를
그렇게 보내고 말았으니

머리엔 온통 생명의 소중함이
혼란스럽게 흔들리고 있다
한발 한발을 떼기가 왜 이리도 두려운지
주저앉고픈 마음
눈물이 흐른다

자연을 누리려 조용히 거니는 맘
가던 걸음 멈춰 서서 주위를 둘러본다
한참을 누리고 평온해진 마음을 가지고
또 오솔길을 따라 걷는다
살아 움직이는 작은 생명이라도
더는 나로 인하여 아파해서는 안 되기에
나….

… 내 마음의 여백

꽃술

어린이대공원
밤 벚꽃에 끌려
버거운 세상일을 잠시 접었지
연인들은 페로몬에 취하지만
나는 술에 취하고 꽃에 취했다

웅성대며 마시던 술
오늘은 꽃의 속삭임과 함께 마신다
스치는 밤바람 조금은 움츠려도
술잔에 떨어지는 꽃술에 행복이 먼저 취해 간다

삼삼오오 둘러앉은 사람들
모두가 꽃잎이 떨어지는 저 꽃술에 취해
꽃잎은 말없이 떨어지는데
춤을 춘다고 깊이 빠져든다
밤이 깊어 가는 줄 모르고

저 떨어져 내리는 꽃잎
잔 속의 꽃술이 되어

이슬이었지

안개로 태어나
맑은 산천 바라보다
꿈을 꾸었지

누구에게 잉태할는지
별에게 물어봤어
바람은 머뭇거리고
보잘것없는 풀잎에 잉태하고 말았어

모두는 고요만 즐길 뿐
더 커지려 더 가지려 하지 않았지
욕심은 그들에겐 추락이었거든

여기저기 추락하는 소리
그래도 더 가지려는 자

난 보잘것없는 아주 자그만 이슬
아침 햇살이 두려운 작은 가슴
이슬처럼 살다

이슬처럼 갈 거야

보잘것없는 풀뿌리에 날 버리고

가을비

날리던 낙엽
비를 머금은 채 미동도 없다

떨어지는 빗방울에
덩달아 마음도
낮은 곳으로 처지듯 잦아들고

낙엽 따라 떠나려던
마음은 육신을 버린 채 떠나고 없다

내리는 빗줄기 창살에 갇힌 육신은
마음 따라 떠나지 못해 머뭇거리고

다 떠나간 외로움보다
빗소리에 영혼까지 달래고
젖은 몸 털고 가을바람 따라
차라리 떠날 준비를 하련다

먹잇감

저 민첩한 참새가
나비 같은 먹이를 잡는데
무척이나 힘들게 잡아먹으려 쫓고 있다

목숨이 걸린 나비
부드럽던 날갯짓은 간데없고 잘도 피한다

우리도 그렇다
먹이가 되지 않으려

봄날

바람의 색깔도
내 마음의 색깔도
긴 꿈을 꾸던 자연도 다 깨어

겨울잠을 자던 낙엽
따스한 햇살에 깨어날
이름 모를 들풀 씨
혹여나 얼까 봐 끌어안고 풀씨를 옷을 벗듯 달아난다

아지랑이에 눈 트인 들풀
살랑살랑 불어오는 바람에도
뽀얀 살결로 춤을 춘다

물이 오르듯
긴 겨울에 내려놓았던 때때옷
초록의 옷으로 갈아입으며

아지랑이 피어오르는
한낮 낮잠에도 꿈을 꾼다

따스한 햇살에 깨어날 풀씨를 위해 옷을 벗듯 달아난다?

네 앞에만 서면

파란 꽃
세월을 비켜선 모습으로

울고 싶어도
너무 씩씩한 모습으로

해는 저렇게 석양에 걸려 신음하고 있는데
동녘의 떠오르는 태양의 모습으로

발버둥이었을 거야
이런 모습으로 살아온 모습

날 지켜 온 모습이었어
너와 우리가 아니었으면 난 누구로 남아 있을까
그래서 행복한 거야
지금의 이 모습이

두렵지 않아
이미 두렵던 시간은 떠나갔거든

... 내 마음의 여백

나 자신을 위로하고 있어
그게 다 네가 있어서….

지친 날의 비

타던 가슴에
꽃이 피어난다

지쳐 쓰러질 듯한 모습은
기분 좋은 잠에서 깨어나
기지개를 켜듯

타서 죽어 버린 넋
늙어 보지도 못하고
오늘 그 마음을 달래 보면 좋으련만

오늘도 이겨 내고
내일 또 이겨 내야 할 날들
함께 잘 버티듯 살아가는 벗
눈물 흘리며 그 반가움에
포옹을 한다

시월도 떠나가는데

밀려오는 설렘의 파도가
가슴을 움츠리게 한다
떠나는 뒷모습 볼 수 없는 파도
저리 밀려오는지

푸른 하늘 가을을 안았던 호수
밤에는 별이 노를 젓는다

난 누구에게 밀려간 파도였나?
누구를 안았던 호수였나?
밤하늘 누굴 기다리게 했던 별이었나?

시월 파도는 싸늘하게
내 눈으로 밀려오는데
가슴은 어디로 떠나가는가?

낙엽

네가 춤을 추며 떠나는 모습에
난 괜한 서글픔으로 남았었지

색동저고리 치장을 하고
메어있던 사슬에서 벗어나
긴 여행을 떠나는 너의 뒷모습에

너 떠난 자리 쓸쓸한 모습으로
먼 하늘을 바라보던 낭만도
작은 미풍에도 뒹구는 모습에도
내 마음도 널 따라 떠났었어

그 허전한 가슴의
가을날이 또 다가오는데
내 마음은 이미 널 따라 떠날 준비를 한다

또 다른 이름으로 내게 다가올
봄날에 너 떠난 자리 초록 잎으로

... 내 마음의 여백

찬 서리

돌 틈 메말라 갈라진
살아 보겠다고 뿌리 내렸던 모습
시월의 마지막 날의 네 모습은
촉촉한 물을 머금은 그 자리련만

풀이 죽었구나
하얀 이불도 아닌 작은 서릿발에
그 삶에 대한 애착은 간데없고

조그만 삶의 변화에도
언제 그랬던가 싶도록 변하는 자연

이미 나에게도 내려 버린 찬 서리
아직은 잘 적응하며 살아가는데
네 모습에 나마저 풀 죽는구나

첫서리에 무너져 내리는 자연(自然)
그 중간에 나도 자연으로 떠나가겠지
또 흔적 없이

피였어

따지지 않았지
그냥 내 몸이 따라 할 뿐

노인의 손은
피가 흐르다 멈춘 것처럼
아직도 차갑고 힘이 없었어

처음 같아
그와 이른 새벽 손을 잡고
공중목욕탕을 찾은 것이

어설픈 걸음걸이
어둔한 언어
뼈가 보이도록 말라 버린 몸
비누질에 타월로 마사지하듯 어루만지는데
눈물이 나는 걸

내겐 한 번도
부드러운 음성이 없던 형님

그 쌀쌀히 불어오듯 한
그 음성이 왜 이리 그리운지

형님이 걷던 길 다 이루고
인사동 골목에서 술잔을 기울일 그날
기도하듯 기다리려네

얼음 예술

마음은 이미 얼었는데
깊어 가는 겨울 계곡은
얼음 조각을 시작한다

여름날 장맛비에 무너져 내린 바위
태풍에 밀려 누워 버린 나무
가을의 찬바람에 떨어진 나뭇잎
작품의 소재를 갖추어 놓고

한 방울 한 방울
스프레이를 하듯 한 겹 한 겹 덧입힌다
무슨 상상을 할까
오늘은 소박한 눈 조각
내일은 무슨 덧칠을 할는지

내일 일은 잘 모르지만
밤을 새워 가며 만들어 갈
낙엽을 모아 코를 달지
눈송이 모아 머리를 만들지

... 내 마음의 여백

한 방울 한 방울 덧칠하는 자연 앞에
가던 걸음을 멈춰 턱 괴고
상상을 나래를 펼쳐 본다

가을날에

찬바람에 무력한 모습으로
하늘하늘 춤을 추며 떨어져 내린다

마음도 몸도 물들고 있다
보잘것없이 잊혀 자연으로 돌아가는
연습을 하고 있을 뿐

눈물이 자꾸만 흐른다
아름답게 치장하던 모습의 벗은
하나, 둘 떠나 버려 잊히고
스미는 바람 외로움에 뒤도 보지 못하고

투덜대듯 걸어온 길을
아쉬운 삶 복기를 하듯
못다 한 영혼은 허공에 헤맨다

어느 별에서 오늘은
하룻밤을 기숙하려나

가을이 다가오는 길목

자연은 축제 준비를 한다
나름대로 분칠을 하고
꽃보다 아름다운 자태로
바람에 춤추는 들뜬 모습

떠날 준비에 흥분된 모습
내 눈은 햇살이 비추는 따가움에도
자꾸만 자연에 흔들리고 있다

어둠이 내려온 가을밤
벌레 울음소리에 귀마저 날 버리고 창밖을 헤맨다

밤새 날 지켜 준 촛불은 흔적도 남기지 못하고
새로운 촛불을 밝히고 보니 창밖엔
새벽안개가 문틈 사이 인사를 한다

난 외로워도 가을이 좋다
바람에 흔들리는 마음이 더 행복하기에

자연과 나

머뭇거린다
잔뜩 찌푸린 모습은
영락없는 내 마음인데

겨우내 쌓아 둔
응달의 눈 무덤
서해 넘어 바람에 밀려온 미세먼지

내 마음도 내가 털어 내야 되듯
자연도 계절 앞에 무너져 내려
잔뜩 찌푸린 가슴을 풀고
시원하게 대지를 씻어 주면 좋을 텐데

무슨 모습은 금방이라도
무너져 내릴 것만 같은데
가슴에 안은 모습으로
떠나가는 계절을 부여잡고 있구나

　　　　　　　　　　　　　　　... 내 마음의 여백

너도 지우고 가고
나도 비우고 떠나는
자연 앞에 무력한
미세먼지….

자연 속 휴식

영롱한 보석들이 알알이 풀잎에 맺힌 새벽
노을에 날던 잠자리 보석을 음미하듯 마신다

쳇바퀴처럼 삶에 지친 영혼은
자연에 취해 술에 취해
목이 타들어 가는 줄도 모르고
깊은 꿈에서까지 휴식을 취하고 있다
겹겹이 싸여 있던 안개가 햇살에 타 없어질 때까지

잠 못 이루게 울어 젖히던 풀벌레
새벽녘에야 잠을 청했는지
물소리만 한낮의 찌는 더위를 쫓고 있다

잠에서 깨어난 영혼
반쯤 자연의 잠가 조금의 정신이 돌아올 때면
뜨겁던 태양은 또 잠자리 떼 몰고 와
또 마시라 권주가를 불러 준다
어제 그렇게 불러 주던 풀벌레의 라이브를

그래도 좋다

나 떠난 쳇바퀴 멈추지 않고 잘 돌아가고 있으니

2부

내 마음의
여백

내 마음의 여백

넘치는 것이 무섭기보다는
조금 남겨 놓고 싶다

내가 외로울 때
또는 사랑하는 이가 외로울 때
그 자리를 내어주고 싶다

다 채워진 모습
조금 부족해도 행복한 여백으로
잠깐씩 채웠다 지우고 지우고

그 자리
네가 한번은 쉬어 갈 수 있도록
여백으로 남겨 놓고

사랑

오해인가
현실인가

뜨거운 것만이 사랑이라 했던 날

현실이다
없으면 허전하고
안 보이면 찾는 것이

행복

가슴에 감추어진 소망

꽃을 가꾸듯
아침이면 꺼내어 보듬어 주고
그 가슴 있던 곳을 자주 바라봐 주는 것

재물도 아니고
명예도 아니요
사랑하는 것인 걸

손처럼
손바닥
손등 마음에 있는 것

물처럼
아래로 아래로 흘러가듯
순응하며 살아가는 것

어느 별에서

깊은 밤하늘 별과 별 사이
그리운 님 찾아 헤매나
별똥별 되어 긴 밤을 지새우는데

나는 어느 별
어느 벗을 찾아
어떤 꿈에서 꿈을 꾸며 어젯밤을 지새웠을까

영혼은 밤이 되면 여행을 떠난다지?
내가 그리워했던 사람 날 그리워 한 사람
은하의 이름 모를
육신은 현재의 지구에 머물러 있지만

눈뜬 아침에 찾아온 육신은
또 다른 하루살이에 지쳐만 간다

내일은 어느 별
사랑 찾아 떠날는지 저 태양이 떠나고 나면
영혼은 은하의 별똥별이 되겠지

나와 세 여인

첫 번째 그녀는 나를 버리고 떠나갔다
그녀는 너무도 외롭고 쓸쓸할 때 나를 만났다
그녀가 만났던 다른 남자들도 너무도 그녀를 힘들게 했다
물론 그녀도 나에게 모든 것을 다 주고 떠나갔다

두 번째 그녀는 바보 같은 사람이다
아무것도 모르는 것처럼 나만 사랑한다
내가 법이다
요즘은 조금씩 덤빈다
그러나 난 이해하려 한다
어차피 함께 떠나갈 사람이기에….

세 번째 그녀는 날 흥분하게 만들어 줬다
기쁨을 줬고 행복을 줬다
그녀를 위하여 헌신도
날 버리며 많은 날을 보냈다
함께 있어 주는 것이 행복이기에
그러나 난 그녀를 버리고 떠날 거다
영원히 행복하길 바라며, 기도하며….

… 내 마음의 여백

내 가슴은

당신을 그리워하고 있지요
날마다 벅찬 가슴으로
인생의 여행을 하는 중
긴긴 날들을 이토록 아쉬워하며

이 가슴에 당신을 품고
설레듯 떠나가는 날

함께 있어도 당신이 부족할까 봐
마음 졸이며 살아가는 날들인데

어떤 날
외로워 울기도 하지요
당신 곁 돌아서 당신 모르게
그게 남자인가 봅니다

그래도 이대로였으면 좋겠습니다
당신 내 곁을 떠나보내고 나 떠나게 말이요

파도처럼

밀려온다
떠나는 모습은 보이지 않는데
밀려오다 부서져 흩어지는 모습은
그리움으로 다가온다

긴 밤을
꿈나라로 떠나려는데
파도 소리는 메아리처럼 밀려온다
사랑의 간절함 되어

파도처럼
밀려오고 또 밀려오는 그리움
가슴의 미세한 흥분의 떨림으로
저토록 밀려와 가슴에 묻는다

사랑은
가슴에 싹 트임으로 잉태되어
그리움과 흥분으로 키워져
파도처럼 부서지는 삶인 것인가?

우리는

너무 따지지 말자
성냄도 생각을 더 하고
우리라는 우리 함께이잖아

사랑하잖아
당신을 알고 또 나를 알고

행복하잖아
살아온 날들이 수없이 흘렀어도
살아갈 날이 기다리잖아
우리를….

너와 나

넌 내가 아니고
나 또한 네가 아닌 것을
착각 속에서
서로에게 나로 살아 주기를
강요하듯 바라는 것을
사랑이란 말로?

꿈

어젯밤 꿈은
어둠과 함께 떠나갔어
알 듯 모를 듯

그래도 난
꿈을 꾸고 있는 중이야
나를 더 알아 가면서
또 잊어버리곤 하지만

아이처럼
바람에 실려 떠나가
사랑하는 이 곁에 말없이 기대다
그 여운에 몸살을 앓고 있지만

하고 싶은 사랑
그리워하는 그리워할 수 있는
다 누리고 살아가는 꿈

오늘도 꿈을 꾼다

얼마를 더

얼마를 더 사랑해야 할까요
내 속에 나를 찾으려면
평화롭고 행복해하려는 내 마음을 말입니다

내가 없는 하늘 아래서도
행복하기를 바라는 꿈을 꾸지만
나보다 먼저 보내고
행복한 날들이었다고
내게 눈인사를 할 수 있다면

만약
내가 먼저 버리듯 떠난다면
덩그러니 남아 있을 당신이기에
내 마음 내가 아파하는 것이

당신을 위한
또한 나를 위한 사랑이라
잠시 먼 하늘을 보며 상상해 봅니다
오늘 말고 먼 훗날 말입니다

가을바람은

네가 내게 다가와
스치는 향기만으로 난 사랑에 빠졌어
너의 모습 상상으로 가슴에 품고

내 가슴 휑하니 뚫리는 것처럼
저 하늘마저도 내겐 쓸쓸히 다가온다
모두가 떠나가는 외로움
낙엽 떠나는 구름 소리까지도
내 마음마저 데리고 가려는지

더위에 지쳐 버린 육신만 남기고
내 가슴을 이토록 흔들어 놓는다
널 가슴에 안고도 외로워하는 것은
나뿐일까

기다리라는 조그만 아쉬움
습관처럼 또 보고 있지만
나는 날 잊어버리고
저 바람만 탓하고 있다

나의 행복

나 지금 이렇게
행복을 말할 수 있는 것은
나에겐 너무 진한 향기로 다가오는 당신이
나에겐 진행 중이기 때문이오

이름 없는 한 미물
세상 풍파에 거칠어져 버린 초라한 가슴엔
당신으로 가득 차 있을 뿐

혹시라도 나 육신부터 떠나가도
당신은 그 자리에 꼭 있어만 주오
당신을 향한 내 영혼이
당신을 그리워하기 때문이오
난 당신이 있어 행복하다오

내 생각 네 생각?

당신은
내 가슴에 또 다른 내가 되어
자리한 지 오래되었습니다
당신의 향기와 더불어
언제나 바라보며 살아가는데

난 당신 가슴에
무엇으로 남아 머물고 있는 걸까?

괜한 상념에 잠기었어
난 정말 사랑하는데
이대로 영원이길….

먼 하늘을 바라보고 있어
꿈을 그리고 있어
당신이 곁에 있어 줘서
당신에 기댄 채

당신에게

사랑하기에
내 마음은 행복할 뿐인데
왜?
그 한마디를 해 주지 못하는 걸까
사랑한다고
오늘 밤에는….
.
.
.
그 입이 떨어질까?

3부

잊힌
그에게

고독(孤獨)

난 떠나려는데
넌 왜 내 곁에 머물러 있느냐
나도 날 달래지 못하여 이토록 슬퍼하고

벗도
사랑하는 이도
해질녘이면 그리워하는 사람
모두가 곁에 있는데

가슴 한쪽을 비워
왜 그 안에 널 가둬 놓고
이렇게 외로워하는지

이제 너 떠나면 안 되겠니
날 버려도 널 그리워하는 이
너와 함께 여행 떠나듯

떠나고 나면
이별이 두려운 난
아마도 그리워할지 몰라도

여름날의 퇴근길

여름이 깊어 가는 7월 10일
난 지금 퇴근을 하고 있어

밤하늘에 있어야 할 별들은
구름에 가리고 빗물에 흘러갔나 봐
빗속 버스는 날 집으로 데려다주느라 하염없이 달리고
가로등만 껌벅껌벅 스쳐 지나갈 뿐
나의 눈도 술기운에 껌벅이고 있지

참 좋다 이 빗속의 퇴근 버스
날마다 내게 이런 기쁨을 주진 않겠지
내리는 이 빗속에 내 마음도 내 사랑도 흘러 보내듯
창밖의 빗방울이 내 눈을 번쩍 뜨게 한다

가슴에 간직했던 다 헐어빠진 생각들
잠시 멈춰 버린 지난날을 꺼내 보면서….

그때와 지금은

그때는
울면 되는 줄 알았습니다
내 주장만 하면 되는 줄 알았습니다
힘으로 하면 되는 줄 알았습니다
열심히만 하면 되는 줄 알았습니다
돈만 있으면 되는 줄 알았습니다
사랑이면 된다고 믿었습니다
나만 좋으면 된다고 믿었습니다

지금은
우는소리 한다고 비웃습니다
고집만 세다고 욕을 합니다
힘밖에 모른다고 무식하다 합니다
요령이 없다고 합니다
돈이면 다냐고 합니다
사랑이 밥 먹여 주냐고 합니다
모두가 좋아야 사랑이란 걸 이제야 알았습니다

나를 더 내려놓아야
나를 더 사랑할 수 있는 날이 지금인 듯싶습니다

... 내 마음의 여백

간다 하네

간다 하네
잔뜩 찌푸린 얼굴 눈물을 흘리네 가을을 고하려
남은 것마저 비바람에 다 털어 버리고
낙엽 따라 떠나갔던 마음들 다 회귀를 하네

함께 떠났던 낙엽 흩날리던 마음
마음들마다 싸늘한 그림자
쪽 달빛마저 저리도 처량한지

행락객에 시달리던 계곡에는
버려진 빈 술병만 나뒹굴고
불어오는 바람에 빈 가지만 삐걱거린다

종종걸음으로 떠나갔던 그 겨울이 온다 하네
감격에 겨운지 눈물을 흘리며

공원 벤치 옆 그 포장마차는
아직 오지 않았는데….

외로운 날

외로운 날에는
떠나가는 저 바람이 자꾸만 기다려진다

너의 숨소리 나는 그곳
체온은 느끼지 못해도
네 곁에서 머물 수 있다면

어디인지
누구와 함께 있는지
바람에 의지한 채
바람으로 네 곁에 맴돌 수 있다면

오늘은 더 그리워서
마음만 네 곁을 맴돌다 잠이 든다

그리운 사람

구름처럼
네 곁을 맴돌다 떠나는 바람처럼
떠나려는데 자꾸만 뒤를 돌아본다

내가 사랑해서
내가 그리워하다 돌아설 뿐인 걸….

어디인지 내가 누구였는지 모를
미지의 그 날들을 위하여
기쁜 마음으로 돌아서는 연습을 하는 중

해도 해도 부족했던 사랑
그냥 나 혼자 그리워하고 사랑했을 뿐
그래도 그 날들이 행복했던 것은
또한 나 혼자였지

나 돌아서 안 보일 쯤이면
부질없이 그제서야 당신 가슴에
작은 사랑으로 남았으면….

잊힌 그에게

헤어지자는 말 한마디 안 했어
내가 저지른 죄를 내가 모르기에

얼마를 살아오다 깨달았지
그에게 저지른 나 자신의 일탈(逸脫)

습관처럼 떠나고 찾아오는 것을
슬퍼하거나 행복해하지 못했어
내가 떠나올 때마다 스스로 영어(囹圄)의 영혼으로 만들 뿐

문득 꿈에서 그를 만나면
아무렇지 않은 일상의 나

인연(因緣) 돌아서 보면
그 안에 사랑도 미움도 함께 있는 것을
돌아서서 울기도 웃기도 하지
내일 또 다른 인연이 스치어 찾아올 것을….

별과 너

별들은 긴 밤을 지새우고
내일을 기약하며 하나둘 꺼져 가는데
세월은 눈만 깜박이며 하루를 지우고
기다리는 난 그리움을 가슴에 남긴다

밤하늘 떠다니는 구름에 가린 별
숨바꼭질을 하듯 날 바라본다
넌 별이 되었나 보다
바라보는 날 바라기로 남기고

별똥별 수채화로 내 가슴에 떨어져 쌓여
밤길마다 너의 그리움으로 소년이 되었다
날 찾아오는 시간마다 울어 대는 개구리 소리
할 말 많은 날의 나의 대변자가 되었지

별만 반짝이던 그곳
널 기다리던 그곳
지금도 그 자리에서 한번은 기다려 보고 싶다.

별과 달이 있는 밤에

달빛에도 춤추고
별빛에도 춤추며
은빛으로 내려오는 맑은 밤의 눈[雪]

이토록 맑아지는 마음
잔설은 지나가는 밤하늘 뭉게구름
살며시 내려놓고 떠나갔나 보다

달은 왜 이리도 외로워 보이는지
눈 사이 반짝이는 별
내 마음마저 외롭고 창백해 온다

벌거벗은 그림자들
잔설에 오늘밤 잠 못 이룬다
텅 비어 버린 쓸쓸한 그림자와

너에게

보고 싶다 말했지
지나가는 말처럼
간다 간다 하고서 세월만 탓했어

세상일이 어찌하여 이리도 슬퍼 오나
핑계 대듯 살아가는 초라한 인생

8월의 태양보다 더 뜨겁던 가슴
깊은 밤하늘의 보름달보다 더 깊고 은은했던 그리움
다 떠나간 것은 분명 아닌데

별들은 눈으로 자꾸만 떨어져 온다
별자리를 보며 너를 찾아 나섰던 그날들처럼
풀벌레 소리에 눈물 흘리며 그리워했던 얼굴

너 떠나고 나 떠난 밤에도
풀벌레는 지금도 흐느끼고 있겠지

깊은 밤하늘의 달빛보다 더 깊고 은은했던 그리움?

오월 빗소리에

새벽녘 빗소리가 깨워
어둠이 떠나지 않은 조그만 시골역 대합실로 갔어
깨어 있지 않은 새벽의 적막한 대합실

얼마의 시간이 흘러갔는지
창밖만 멍하니 바라보고 말았지

발길은 내 마음을 끌고
새벽 빗속에 육신을 적시고 있었어
얼마를 걸었을까?
목적 없이 떠나려던 마음은
이미 빗속에 떠나 버린 후였어

초라해진 모습
멈춰선 자리는 나의 조그만 둥지
정체되어 있던 마음
어디인지 모르게 떠나보낸 육신은

LP판의 흘러나오는 음에
따듯한 아주 연한 커피 한 잔에
새벽녘 떠나보낸 가슴을
창밖의 흐르는 빗줄기의 소리에
새털처럼 가벼운 마음으로 바라보고 말았지

찬바람에 너 또 떠나면

찬바람은
마음을 할퀴고 떠나가는데
나는 왜 따라나서는지
어디로 가는 줄도 모르면서

뜨겁던 날 지나 너는 아름다운 모습으로
지난날을 치장하며 살아가는데
떠나는 널 바라보며 그리워하는 난
아지랑이 피어오르는 날의 새싹처럼
꿈을 꾸고 살아가는 중

거울 속
그 사람은 날 바라보다
비웃고 있다

비틀대듯 걸어 온 삶
사랑도 흔적 없고
그 외로움의 흐느낌만
메아리 되어 허공에 흩어진다

너 떠나고 나면
너의 빈자리, 비워진 가슴에
난 널 그리워하다
울다 잠이 들고 말겠지

어디쯤

방황하듯 떠난 뒤
어디쯤 가고 있는지

낙엽 소리에 뒤척이며 잠 못 이루던
국화 향기 따라 떠나 버린

푸른 하늘에 빠져 멀어져 간
가슴을 휘감아 잡던

이제 돌아오는 거니
바람에 떠나가는 낙엽 따라 떠나갔던 가슴
차가운 바람에 더는 멀리 가기 전에
겹겹이 묻어 두고

꽃피는 그날까지 기다림에 지쳐
무너지지 않도록 나를 위해
비웠던 육신으로 돌아와 채워 주오

그리움

꿈에서도 기다렸나 봐
너의 발자국 소리를

바람이 두드린 창
어둠이 떠날 때까지

긴 밤을 꼬박 새우고서야
내 마음을 알았으니까

지친 가슴에 흐르는 눈물
파도 되어 그리움으로 밀려온다

인연

스치듯 지나친
당신 가슴과 나의 그리움
영원한 사랑 위해 타오르던 모닥불
당신이 떠났기에 꺼졌습니다

이토록 슬픈 것이 사랑이었다면
차라리 그 사랑을 하지 말 것을
난 외진 길을 가야 합니다
가다가다 지쳐 쓰러지면 몰려온 소낙비
날 깨워 주리라 믿고
그 미련에 또 하나의 눈물이 떨어진다 해도
난 묵묵히 떠나렵니다

가슴에 스며들면 사랑이라 했지요
빈 가슴에 스며드는 그 슬픈 사랑

어떤 이에겐, 나도 그런 사람이었을까요
작은 상처로 남은

낙엽이 구르네요
마음엔 찬바람이 스미고요
거나하게 취한 가슴엔 새싹이 돋아납니다
푸릇한 그림
그리다 웃으며
하늘의 별을 보며 잠에 듭니다

영원할 것 같던 그 인연
가슴에 상처 또 하나씩 늘어 가는 날들….

4부

나의
독백

청춘

청춘이라고
내 마음에 간직한 것
영 지워지질 않는다

이미
두꺼운 돋보기 걸친 모습
먼발치라도 보려 치면
돋보기 너머 눈 내미는 몰골인 걸

그 누구도
내 간직한 꿈을 인정하는 이 없는 것을
그래도 흰머리 분칠로 감추고 부단 노력을 해 본다

나는 청춘이다
그러기에 난 청춘을 누릴 뿐
누가 뭐라 하든 내가 신경 쓸 일 없다
얼마를 더 청춘을 간직하는 것
모두 내 마음이….

… 내 마음의 여백

이해하려는데

나도 이미 꼰대가 되어 버렸어
어느 날부터 고집도 아집도 늘어 가는 걸
내가 나한테 놀라 옆을 눈치 보듯 바라보지

어느 날부터 나 자신부터
말을 줄이는 연습을 하고 있어
고집쟁이 꼰대로 남기 싫어

세상 하루가 너무도 빠르게 변하는데
멈추어 정체된 모습 초라하잖아

이해 못할 꼰대들 삼삼오오 모여서
도와주지 못하는 여의도 꼰대들
해는 또 저렇게 저물어 가는데
내일 또 나오겠지 저승사자의 모습으로….

가장의 중압감

불이 났다
한 시간 후 가장이 숨지고 불은 꺼졌다
휴학한 아들 돈 많이 벌어 오라는 꾸지람은 아니었지

연기가 자욱한 방
아버지는 목숨과 재산을 바꾸고 말았다
숨을 거두며 무슨 생각을 했을까?
"안 돼" "안 돼" 어떻게 이룬 가정인데
아마도 목숨과 못 바꾼 것일 게다

되돌릴 수 없는 상처로 가정은 피범벅이 되었다
애비로서 장성한 아들이 잘못될까 봐
걱정되어 바로잡으려 했는데
파탄 난 가족이 되어 버렸으니

아버지는 내 곁을 떠나고
엄마는 씻을 수 없는 얼굴이 되어 버렸다
엄마, 아빠가 나 때문에 고성이 오간다고 우발적이지만

부모님의 침실에 불붙은 종이로 불을 질러 버렸으니
자식 또한 평생을 울면서 살아야 할 테다

아침 신문을 읽으며
나 또한 아버지로서 동질감에 눈물이 흐른다
그 자식 또한 가슴이 아프다
저토록 커질 줄 몰랐던 상황이 현실이 되었으니

그래 조금만 더 내려놓는 연습을 하자
우리 아버지들 나 어릴 적 생각만 하지 말고
나와 또 다른 자식 내가 아닌 것을 슬퍼만 말고

그래도 다행이다
처와, 자식은 죽음을 피할 수 있었으니….

나를 잊을 쯤

많이 배우기에 욕심이 없었고
사는 데 큰 불편 없으면 만족하였으며
누가 날 해치지 않으면 누구도 해치지 않았고
넘치려 들면 불러서 나누는 삶을 누렸으며
가지려는 소유의 욕심을 한 번도 부리지 않았으니
죽는 날까지 내 명의의 소유는 한 건도 기역하고
통장은 나를 스쳐 지나가는 시골 간이역 같은 초라함이었
을 뿐
거금을 모아 놓고 위세를 보여 본 적 없었으며

한때 작은 그릇에 돈이 넘쳐
좋은 작은 꿈을 가진 적 있었으나 그마저도
세상의 흐름에 가을 낙엽처럼 짓밟혀 꿈으로만 누렸고

단출한 가족
어머니 처자식 형제 편하게 보내 보려
조금의 낭비를 해 보지 못하고
그 꿈도 다 이루지 못하여
눈물을 펑펑 쏟다가 그림자가 되었으며

... 내 마음의 여백

창살 없는 작은 공간에 가두어
그를 벗어나는 두려움에 평생을 살다 갔노라고

그러다 흘러가는 세월에 무참히 밟히어
세월을 노래하다 세상 원망 한 번도 못해 보고
세상에 미안해하다 가슴에 추억으로 남기고 떠나갔다고

꿈이 많은 걸

뭘 해야 하나
일자리를 뺏길 즈음
누구나가 그런 생각에 골몰한다

그러나 난 꿈이 있다
생각만 해도
미친놈(狂生)처럼 실실 웃는다
나도 모르게

방에서 끙끙 앓으며 시중을 받아야 할 만한
늙은 시인과, 서예가가 등불을 켜 주고 있기에

명예는 비록 명예는 원하지도 않지만
일 없어 파고다 공원길에 비틀대는
늙은이는 상상되지 않으니 말이야

해 넘어갈 무렵이면
짧게 닳아 버린 몽당붓 내려놓고
친구 찾아와 막걸리 잔 나누는 꿈

내 주위엔 너무나 많은 등불이 있다
억지로 폼 잡지 않아도 폼 나게 늙어 가며
늙은 생이지만 날 흘기듯 바라보는….

기다려 줘

중년인 거야
외로운 것이 잠깐씩은 뒤를 돌아도 보았어
외진 밤하늘 홀로인 것처럼
떨어지는 별을 바라보다 잠이 들곤 했지

딱 누구를 기다리는 것은 아니야
그냥 외로운 것이 지나온 날들이
머리를 복잡하게 만들 뿐

며칠 밤낮없이 아무도 없는 곳에서
생각 없이 머리를 하얗게 비우고 싶어
울고 싶으면 울고, 웃고 싶으면 웃는 거야

풀벌레에 입맞춤하고
고향 냄새에 취해서 뒹굴고
세상을 잊어버리는 연습을 하고 싶어

현실에 부탁하고 싶어

조금만 기다려 달라고

잊어버렸던 내 안의 나를 찾아 떠나는 여행 동안을

기다려 줘

나의 벗 고독과

여행을 떠나고 있다
나를 찾아가는 중
물론 목적지는 없어
오늘만큼은 내 영혼에 시간을 비어 줄 뿐
잃어버렸던 날들 조금은 찾아 가는 기쁨
나와 누리지 못했던 고독

삶의 전장에서 조금 비켜 있던
너무 멀리 떨어져 슬픈 모습으로
조금은 어색해도 나의 벗인 것을
혼자인 것 같아도 가슴에 머물러
함께 눈물 흘려 주는 너

삶의 여유라기보다
조금은 벗어나고 싶은 욕망
외로워하기보다는
지난 시간을 돌아보며
스쳐 지나가는 바람에 물어보는 시간이지

그래 오늘은
너와 둘이서만 여행을 떠나는 거야
거추장스러움 다 벗고 말이야

마음의 색깔

오늘 나의 색깔은 붉게 물든 낙엽이었어
내일 푸른 바다와 같은 색깔이라지

그 조그만 변화에도
이리 적응을 못하고 허둥대는지
날마다는 아니어도
그렇게 날 기다리는 아름다운 색깔

무슨 색깔 되어
내 가슴에 스며들어도 언제나처럼
또 그렇게 적응하지만
슬픈 블루보다는
항상 따듯한 색깔 되어 내게 다가오길 기다리는 걸

12월의 찬바람은
내 가슴엔 무슨 색깔로 남았을까
창백한 하양
싸늘한 파란
군고구마의 노란

아닐 거야

난 사랑하는

또 사랑해야 하는

빠알간 색깔로 남아 있을 거야

어떠하리

내가 누구로 살든
내가 어떤 모습이든
난 행복하면 되는 거야

누구를 의식하며
나를 내가 얽매이지 않고
사랑하고 살아가면 되는 것을

비록 보는 사람에 따라
보잘것없어도
그렇게 보는
그렇게 상상하는
그만의 생각인 것을

난 기만하지 않는다
내가 때론 보기에 힘들어 보이지만
얼굴에 미소가 가득한 것을 보면
나도 덩달아 행복해지는 걸

... 내 마음의 여백

넘쳐야 행복한 사람은 불행하기 쉽고
적어도 행복한 사람은 작아도 불평하지 않는

난 더 작아지고 싶어
작은 주어짐에 늘 감사하고 살려고
현실이 자꾸만 두려운 마음이 싫기 때문이야

과분(過分)

가슴에 그림자를 짓는다
어둠의 그림자
행복의 그림자

가슴에 감추고 살아가는 날
사치(奢侈)를 하고도 사치를 이해 못하는
일상이 되어 불행을 초래(招來)하려 드는 무모(無謀)함
다 털리고서야 어두움의 그림자에

조금은 가슴에 찾아드는 사치
유혹에 나를 잊어버리곤 돌아서 가슴만 친다

누굴 의식하고 살아가는가?
그는 그이고 나는 나 비록 어설픈 날들이어도
참의 나 이대로 보이는 대로인 것인데
무엇 때문에 몸은 살이 찌는데 마음은 여위어 가는가?

과분하게 살아가는 날들이라고
자신에게 오늘도 최면을 걸며 살아간다

… 내 마음의 여백

나를 모르고 망각(妄覺)에 빠져 힘들어하기보다는

행복하다는 망각을 가슴에 각인시켜 가며….

집시가 되어

햇빛 따듯한 곳에서
마음을 달래고 싶은데
자꾸만 어디로 가는지

동공은 초점을 잃고
눈만 깜박인다

아픔도 삶의 과정인 것을
자꾸만 집착이 되어
안주하지 못하고

난 이렇게 아픈데
정말 아픈데

허공에 대고 말없이 호소하다 눈물만 흘릴 뿐
내 마음 내가 안고 간다
곁에 있는 사람들 나를 모르기에
나 또한 알아 달라고 하고 싶지 않다
내 형이니까

나의 독백

나를 위해 꾸며 입고
나를 위해 맛집 찾아가고
나를 위해 친구 사귀고
나를 위해 사랑하고

힘들면
진정 날 위해 한 게 뭔가 고민을 한다
실은 모든 것 전부 나를 위해 살아온 날인데….

누군가가

잊으라 했습니다
마음에 담아 두지 말라 했습니다

내려놓으라 했습니다
무거운 짐으로 남아 있다고 했습니다

하늘이 보입니다
별이 윙크를 합니다
바람이 이렇게 싱그러운 줄 몰랐습니다

살아오면서 힘들어하고 지쳐 있던 시간이
머리에서 하얗게 지워졌습니다

조금의 회생이라 여기기로 했습니다
원망은 내 실수로 접었습니다

안 되는 것은 원칙을 버리는 것이라 여겼습니다
또한 우리라는 무리를 깨는 독선은 안 된다 여겼습니다
행복을 위해선 모두에게 더 내려놓으라 했습니다

아직도 부족하지만
조금씩 더 행복합니다
내가 내려놓은 만큼
마음의 공간의 여유가 넉넉하기 때문입니다

이대로 살아가며 다 주고 가는 삶이
영원이었음 좋겠습니다

우문우답(愚問愚答)

길을 묻는다
달랑 한 장 남은 올해의 달력에게
지금 가는 길이 나의 길이냐고

자연은 세월 앞에 다 내어주고
허전함과 외로움이 쓸쓸히 흩어지는데

텅 비어 버린 들녘
철새 찾아와 낱알 이삭줍기를 한다

무엇을 남겼느냐고 물어봤지
대답은 못하고 눈물만 흐르다
무탈(無頉)하게 지나간 시간들에 고마움을 전하는….

많은 사연들이 잡아끌듯 지나갔지만
조금은 내려놓으려 했어야 했던 순간들

또 다가올 숱한 나와의 인연
사실은 매일이 한 장 한 장 남은 날들인 것을
오늘 저 달력을 보며 또 깨우쳐 간다

괜찮아

알지
바보라 하는 것을
때로는 강해 보이려 해도
그냥 돌아서고 마는 것을

모를 거야
슬픔을 안은 채 살아가며
혼자서 그렇게 우는 것을
무거운 짐을 내려놓고
허공을 나는 자유를
너만 지키면 되니까
너무 가벼운 삶인 것을

괜찮아
강하게 보이기보다는
약하게 보여도
나를 위한 행복만 지키면 되는 것을
힘들면 주저앉아 한잔 술에 달래 보라지 뭐

나란 존재

추우면 하나 더 걸치고
더우면 하나 벗어 버리고 산다

춥다는 말보다
덥다는 말보다

배고프면 뭘 먹을까 고민들 한다
난 고민하지 않는다
식당 빈자리 있으면 앉아, 있는 것 먹으면 되니

욕심에 세상이 시끄럽다
TV를 켰다가 얼른 꺼 버리고
괜한 술병만 바라본다

세상을 탓할 수도 없고
귀를 막을 수도 없고

이건 참 내 맘대로 안 된다
괜한 두꺼비만 나한테 당하고 있다

5부

살아가는
동안

고향으로

가야 하는데
날 기다리는 그때 그 얼굴은 없어도
눈만 뜬 치어도 어미젖 한번 빨지 못했어도
돌아오는 그곳 고향으로
마음은 이미 고향 하늘 기웃거리며
그 향기에 취해 있는데
아직 이 몸은 타향에서 그리워만 하는 그곳

가야 하는데
화려한 귀향은 아니라도
어릴 적 노닐던 친구들이 찾아오고 기다리는
날이 새면 남새밭에 나가 밭을 일구고
해가 지면 친구 찾아 막걸리 사발 들이미는 그곳으로

가야 하는데
마음은 이미 고향 땅이 자리하고 있는
몸도 곧 따라가서 그곳으로 가야지
조용히 이슬 먹고
시를 쓰는 내 고향으로….

고향 하늘

싸늘한 바람이 맴돌고 있는 타향
먼 고향 하늘의 별을 바라다봅니다
수많은 네온과 불빛에 먼 하늘의 작은 별은 지워져
고향의 어릴 적 별들은 시야에서 떠나 버렸습니다

눈을 감고 가슴으로 그 별들을 그려 봅니다
별똥별이 쏟아지는 고향 하늘을….

친구가 함께해서 가슴 벅차 했던
사랑했던 그가 떠나가 자리한 먼 하늘

눈을 감고 나서야
싸늘한 늦가을의 체온이지만
가슴이 뜨거워져 행복한 눈물이 흐릅니다
그 어릴 적 날들과 함께

마음이 자꾸만 약해지는지
오늘도 냉랭(冷冷)한 날의 저 하늘에 눈물만 뿌리고
그래도 따듯한 가슴
또다시 꿈에서 그날을 그리워합니다

인사동

몇 개의 미술관을
버스 정거장 지나가듯
한 바퀴 돌아 화선지 한 묶음 안고
코스 따라 대폿집 들러 한잔 기울이던

눈요기처럼 그림 몇 점 기웃거리고
서예 붓놀림 잠시 머뭇거리며 가슴에 담을 때 있던 인사동

오랜 세월이 돌고 돌아
지금은 시가연 마지막 금요일에 멈추어 있다

대박집 들러 머리 고기로 요기하고
뚜벅뚜벅 인사동 길 끝날 즈음 시가연
나무토막 문 닫침 걸어 놨네

시를 즐기기 위해 시간 나누기를 하는 회원
이생진 선생님 바라기님들 모두 얼굴은 미소 진행 중
선생님의 시(詩)가 좋아 막걸리에 말아
늦은 시간이 돼서야 아쉬워도 자리를 털고 뜬다

멋진 선생님의 향기가 좋아

아름다운 여인들 연인이 되어 선생님 품에 잠시 머문다

한 달 후를 또 그리면서….

그리운 친구

현실은 오간 데 없고
나이도 잊은 채
밤을 꼬박 새우며 술잔을 든 채로 잠이 들곤 했었어

이탈한 정신이 돌아오면
아무 일 없었다는 듯 툴툴 털고
제자리로 돌아갔던 날들

말없이 다가와
마주 앉은 얼굴 안주 삼아 죽도록 사랑했던 날

지금은
핑계를 일삼는다
마누라 핑계 건강 핑계
이렇게 너 변하고 나도 변하는구나

옛날 그 친구
그리운 친구로만 다가오는 날들

친구야
우리 오늘밤 정신이 이탈되도록 힘 한번 써 볼까나
옛날 그 친구로 돌아가

소꿉친구

아이였습니다
밤이 깊어 가는 것도 모른 채
어릴 적 재잘거리던
음성만 익었을 뿐

난 술기운에 잠을 청하는 중인데
그들의 목소리에 뒤척임만 거듭하고 있는 중

고요가 찾아올 즈음
햇빛이 창가를 두드렸습니다

짧은 잠에서 깨어난 아이들
어젯밤에 다하지 못한 말이 남았는지
또 희희덕거리며 할 말들을 이어 갑니다

헤어짐이 다가오니 더 아쉬운 듯
어젯밤 놀던 자리를 뒤돌아봅니다
아니, 어린 시절 놀던 그 흔적들까지….

친구 1

어떤 날은 외로워서
어떤 날은 행복해서
전화통이 불이 났던 친구

이젠 세월 앞에
잊어버릴 만하면
술이나 한잔하자 하네.

친구 2

다 타 버린 날
서산에 걸터앉은 저 태양도
붉게 물들어 있다

하루살이에 타들어 가는 모두
검게 타다만 가슴만 남겨 두고
오늘도 어김없이 재우고 간다

옛날 나의 어머니 노래
석탄 백탄 타는 데는 연기도 김도 잘 나는데
이내 가슴 타는 데는 연기도 김도 안 나더라

어쩌면 그렇게 태우고 태우는 것이
일상인 것을 내일 떠오르는 태양을 왜 기다리는지
어제를 치유할 날을 기다림이겠지

어제 타다 만 가슴
그렇게 또 잊어버리….

살아가는 동안

어찌하랴
정답 없이 가는 것
내가 원하지만 뜻대로 되는 것이 없어도
살아지는 걸

날 위해 사는 시간
미미할 뿐이고
더불어 살다 보니
별별 일 별별 놈 많고 많은 세상

구분해서 하지도
골라서 사귀지도 못하고 사는 것을
투덜대면 무엇 하랴
모두가 그런 삶
마음에 추억으로 담아 놓으면 그만
오던 길 돌아봐도 후회
가는 길 지나서도 후회

그게 인생
살아가는 것인 것을

자취 시절

달랑 연탄불에
심지 다 타버린 곤로
왜 그리 연기는 많이 나던지

무슨 생각들이었던지
코앞이 학교인
그놈 놀부 또 한 놈 철국이

그 시절 학창 시절
그냥 해방이 좋아서였지
실은 누구 하나 단속하는 이 없었는데

일요일 집에 들러
바리바리 챙겨 준 엄마 사랑
막내아들 잘 먹으라고 챙겨 준 반찬
라면에 술안주밖에 아니었지

지금 생각하면
주먹만 한 놀부 술, 담배를 그리 사랑하는지
주막 할머니 외상값 지금도 있는데

할매 외상값 주려면 아마
놀부도 거기(천국&극락) 가면 혼날 거다
나도 그럴 테지만

하얀 사발
노란 주전자 생각난다
한숨 안 쉬고 들이켜던 그날이

놀부야 철국아 그날을 잊지 말자
쌀하고 막걸리하고 바꿔 먹던 중딩 시절 그날을….

탄핵 인용된 봄날에

이렇게 돌아서기가
어려운지 아쉬운지
이 고달픈 세상을 만들어 놓고
하얀 미소만 남겨 놓은 채

세월은 막아설 수 없어서
잊지 말라고 샘을 내듯
모두를 웅크려 들게 한다
거역할 수 없는 날들인 것을

그녀가 세상을 이렇게
가슴을 찢어 놓듯 분열로 만들어도
겨우내 타던 촛불도 힘없이 꺼져 갔다

겨우내 타던 촛불은

힘이 넘쳐흐른다 해도
그 힘이 필요한 데에 쓰여야 힘인데
더러운 곳으로 흘러흘러

서민 가슴은 더럽고 낮은 데로
내몰리듯 떠내려간다

탄핵 인용된 봄날에

살아가는 것이

빛이 없어도
원대한 꿈이 없어도
살아가는 모습은 크게 다르지 않아

산소가 있는 곳이면
생명은 다 적응을 하고
나름대로 행복을 누리고 살지

나도 그들도 지금 그 자리가 최고로
더러는 더 가진 자의 횡포도 있지
그러나 그들도 더 가지려고 또 지키려고
무척 힘들긴 마찬가지야

오늘도 보았어
없는 자의 그 행복한 미소
왜 그리도 행복해 보이는지
무척 부럽기만 하더라고

나도 행복해
우리라는 울타리
크게 지킬 재산이 없으니 불안하지도 않고
이렇게 이대로 조금씩 늙어 가면 되는 거야

그렇지?

어젯밤

어릴 적
내가 날 힘들게 했던
여행을 하듯이
긴 추억의 시간을 넘나들었어

그날이
지금 꿈속에 찾아들어
현실을 망각하지 못하게 하려는지

아니 지금도
나 자신은 환경과 다른 싸움을 하는 중인데
초조하고 마음 편한 날은 별로 없이
또 다른 날이 내게 다가와 여행을 가자 하네
그 과거로의

그래도
이 세상에서 아직도 꿈을 꾸듯 살아가는 나
새벽녘 아직 다 무너지지 않은 어둠 속
다 떠나지 못한 별을 보니

사랑하며 살라 하네

두 눈 깜박이며

공동묘지

푸른 잎 하나
흐르는 강물에 몸을 실은 채
행선지도 모르고 떠내려간다

아직은 小暑(소서) 젊음의 너인데
꿈도 접은 채 떠나는 것일까
그 사연이야 없을 리 없겠지마는
가는 곳 그곳이야 알고나 가고 있는지

이만큼 살고
이만큼 누리고
그래도 더를 외치는 수많은 인파 속을
홀연히 떠나가는 너

언제 떠나갈지 모르기에
남아 있는 자들은
그토록 욕심을 내는지도 모르겠다

남아서 널 보내는 이들
그 무덤에 눈물로 덮어 두고
시간이 흘러 떠나면
모두의 가슴에서 너마저 잊힌다

그 섬

바람이 밀려와
파도가 된다

잔잔한 가슴
너의 충동질에
덩달아 춤을 추고 말았다

조용히 꿈꾸고 잠들던 곳
옛말이 되었고 아우내 장터의 방언처럼
알아먹지 못할 말들
스피커 든 사람 뒤에 줄지어 웅성거린다

그리워지는 것
조그만 정이었는데
사람 냄새는 오간 데 없어
쉬고 싶었던 마음은 찾을 수 없어라

어디로 갈까
어디로 갈까나

푸른 하늘 푸른 바다
그 사람 냄새 나는 그 섬을

어머니

어둑해진 시간까지
봄날 밭일에 허리 펼 시간도

피투성이처럼 비 오듯
땀범벅이던 모습

자식새끼 저녁 먹이려
얼굴 한 번, 훔치지도 못하고
어두운 부엌에

반찬이 없나 보다
해 지운 앞산 오르시어
봄날에 돋아난 봄나물 한 바구니 뜯어다
뚝딱 밥상을 차리신다

보리투성이 한쪽의 하얀 쌀 한 줌
자식 밥그릇에 퍼 주셨다
그 밥상은 전부 어머니 살이었다

126